9 Février 1909

marqué P

VENTE DU MARDI 9 FÉVRIER 1909

HOTEL DROUOT, SALLE N° 11

A DEUX HEURES

OBJETS D'ART

ET

DE CURIOSITÉ

BIJOUX, CÉRAMIQUE, CADRES

Objets variés Européens et Japonais

COMMISSAIRE-PRISEUR

Mᵉ HENRI BAUDOIN, Successeur de M. PAUL CHEVALLIER

10, rue de la Grange-Batelière

EXPERTS

Pour les Livres :	Pour les Objets d'art :
M. A. DUREL	**MM. MANNHEIM**
21, rue de l'Ancienne-Comédie	7, rue Saint-Georges

EXPOSITION PUBLIQUE

LE LUNDI 8 FÉVRIER 1909

DE 1 HEURE 1/2 A 5 HEURES 1/2

CONDITIONS DE LA VENTE

Elle sera faite *au comptant*.

Les adjudicataires paieront *dix pour cent* en sus des enchères.

Paris. — Imp. de l'Art Ch. Berger, 41, rue de la Victoire.

DÉSIGNATION

LIVRES

1 — **Bancel** (Jehan-Perréal, dit Jehan de Paris), peintre et valet de chambre des rois Charles VIII, Louis XII et François Ier. Recherches sur sa vie et son œuvre, par E.-M. Bancel. Ouvrage orné de nombreuses gravures et d'une lettre de J. Perréal en facsimilé. *Paris, H. Launette,* 1885, gr. in-8, br. couv.

> Tiré à 120 exemplaires.

2 — **Basterot** (Comte de). Traité élémentaire du jeu des échecs avec cent parties des joueurs les plus célèbres, précédé de mélanges historiques, anecdotiques et littéraires. *Paris, Allouard,* 1863, in-8, fig., demi rel. veau, tr. jasp.

3 — **Bibliothèque-Charpentier** (Petite). *Paris,* 1882-1897, 11 vol. in-32, fig., demi rel. chag.

> F. Fabre. L'Abbé Tigrane. — Fabre. Le Chevrier. — Th. Gautier. Mademoiselle de Maupin. 2 vol. — Th. Gautier. Le Roman de la Momie. — Rod. La Vie privée de Michel Tessier (*broché*).— Vigny. Cinq-Mars, 2 vol. — Vigny. Poésies. — Vigny. Stello. — Vigny. Journal d'un poète.

arts, par Ernest Renan. *Paris, Michel-Lévy*, 1865, 2 vol. in-8, demi-rel., dos et coins de mar., tête de nègre, têtes dor., non rog. (*Smeers.*)

17 — **Horace**. Q. Horatius Flaccus accedunt J. Rutgersii lectiones venusinae. *Traject. Batav. apud F. Halmam et G. van de Water*, 1699, petit in-12, front. gr., mar. rouge, tr. dor. (*Rel. anc.*)

18 — **La Fontaine**. Contes. Edition illustrée de 180 vignettes dans le texte, par Tony Johannot, C. Boulanger, Roqueplan, Fragonard père, etc., et de nouveaux dessins hors texte, par Staal, précédée d'une introduction, par Louis Moland. *Paris, Garnier s. d.*, gr. in-8, demi-rel. chag. rouge, tête dor., non rog.

19 — **La Fontaine**. Fables. Illustrations, par Grandville. *Paris, Garnier*, 1859, gr. in-8, demi-rel. chag. rouge, dos orné, plats toile, tr. dor. (*Rel. de l'éditeur.*)

20 — **La Harpe**. Tangu et Félime, poème en IV chants, par M. de La Harpe, de l'Académie française. *Paris, chez Tissot*, 1780, pet. in-8, mar., rouge, dos orné, fil., tr. dor. (*Rel. anc.*)

Titre gravé par Marillier et 4 jolies figures de Marillier, gravées par Dambrun, de Ghendt, Halbou et Tonce.

21 — **Lalanne** (Maxime). Traité de la Gravure à l'eau-forte. Texte et planches, par Maxime Lalanne. *Paris, Cadart et Luquet*, 1866, in-8, fig., demi-rel. mar. rouge, tête dor., non rogné.

22 — **Livre d'or** de l'Alliance Franco-Russe, dédié à leurs Majestés l'Empereur et l'Impératrice de Russie et à Félix Faure, président de la République française, par Philippe Deschamps. *Paris, s. d.*, pet. in-4, cart. de l'éditeur.

23 — **Mémoires** du célèbre nain Joseph Boruwlaski, gentilhomme polonais, contenant un récit fidèle et curieux de sa naissance, de son éducation, de son mariage et de ses voyages, écrits par lui-même, avec une gravure en taille-douce où il est représenté en famille. *A Londres*, 1788, in-8, mar. rouge, dos orné, dent. à la grecque, tr. dor. (*Rel. anc.*)
  Avec le texte anglais.

24 — **Prévost** (L'Abbé). Histoire de Manon Lescaut et du Chevalier des Grieux, précédée d'une préface par Alexandre Dumas fils. *Paris, Glady frères*, 1875, gr. in-8, eaux-fortes de Léop. Flameng, br. couv.
  L'un des 200 exemplaires sur papier van Gelder Zonen (n° 73), avec les figures avant la lettre.

25 — **Rabelais.** Œuvres. Texte collationné sur les éditions originales, avec une vie de

l'auteur, des notes et un glossaire, par Louis Moland. Illustrations de Gustave Doré. *Paris, Garnier frères, s. d.,* 2 vol. in-4, demi-rel., dos et coins de mar. brun, dos ornés, têtes dor., non rognés.

26 — **Rameau**. Hippolite et Aricie, tragédie mise en musique par M. Rameau, représentée par l'Académie Royale de musique le Jeudy premier octobre 1733. *A Paris, chez l'hauteur*, 1733, in-fol. mar. vert, dos orné, fil. dent. int., doubl. et gardes de soie saumon, tr. dor. (*Rel. anc. défraichie.*)

> Armoiries sur les plats, titre et 206 pages de musique gravés. Mouillures et déchirures aux 36 dernières pages.

27 — **Restif de la Bretonne**. Les Contemporaines ou aventures des plus jolies femmes de l'âge présent ; recueillies par N. E. R. D. L. B. et publiées par Timothée Joly, de Lyon, dépositaire de ses manuscrits, seizième volume. *Imprimé à Leipzik, par Büschel*, 1781, in-12, fig., demi-rel. bas.

28 — **Restif de la Bretonne**. Contes. Le Pied de Fanchette ou le Soulier couleur de rose, avec une notice bibliographique, par Octave Uzanne. *Paris, A. Quantin,* 1881, in-8, port. à l'eau-forte, par de Mare, demi-rel. mar. rouge, tête dor. n. rog.

29 — **Tibulle**. Élégies, avec des notes et recherches de mythologie, d'histoire et de philosophie suivies des baisers de Jean Second; traduction nouvelle, adressée du donjeon de Vincennes, par Mirabeau l'aîné, à Sophie Ruffey, avec 14 figures. *A Tours et à Paris*, an III (1795), 3 vol. in-8, veau rac., dos ornés, dent., tr. dor. (*Rel. anc.*)

> Portrait de Mirabeau, par Borel, gravé par Voysard; celui de Sophie, par Borel, gravé par Elluin, 12 figures dont 11 par Borel, gravées par Elluin, et 1 par Marillier, gravée par Dupreel.

30 — **Tressan**. Histoire du Petit Jehan de Saintré et de la Dame des Belles-Cousines, extraite de la Vieille Chronique de ce nom, par M. de Tressan. Édition ornée de figures en taille-douce, dessinées par Moreau le Jeune. *Paris, chez Dufart*, 1796, pet. in-12, veau rac., dos orné, dent., tr. dor. (*Rel. anc.*)

> Quatre figures par Moreau le Jeune.

BIJOUX

31 — Bague en or, enrichie d'un diamant, d'un saphir et de petits brillants.

32 — Bague en or, enrichie d'une perle entourée de brillants.

33 — Bague en or, enrichie d'un saphir entouré de dix brillants.

34 — Bague en or, enrichie d'un brillant noir entouré de petits brillants.

35 — Epingle à chapeau en or, formée d'une fleur de lys pavée de roses.

36 — Epingle à chapeau en or, formée de deux ailes pavées de roses.

37 — Cinq épingles à chapeau, variées, forme boules, en or, avec ornements en filigranes, roses ou perles.

38 — Broche, en forme de pensée, en or, pavée de brillants.

39 — Broche en or, formée d'un nœud, enrichie de brillants avec pampilles perles.

40 — Bague en or, à chaton pavé de brillants.

FAIENCES ET PORCELAINES

41 — Douze assiettes, porcelaine, décor de barbeaux.

42 — Chimère en ancien blanc de Chine.

43 — Paire de vases-rouleaux en céramique japonaise, décorés de fleurs sur fond imitant le bois.

44 — Deux potiches, avec couvercles, en porcelaine de Chine, décorées de rochers, d'arbustes en fleurs et de faisans. Pieds en bois ajouré.

45 — Flacon à thé, à décor de grands personnages. Porcelaine d'Allemagne.

46 — Autre : personnages et fleurs. Même porcelaine.

47 — Autre : fleurs et quadrillés. Même porcelaine.

48 — Autre : sujets chinois. Même porcelaine.

49 — Chope : sujet de chasse. Même porcelaine.

50 — Pot à lait, avec couvercle : sujets chinois. Même porcelaine.

51 — Etui, réserves sur fond vert. Porcelaine d'Allemagne.

52 — Etui cylindrique, décor de Chinois. Même porcelaine.

53 — Petite bouteille, réserves, fond violacé. Ancienne porcelaine de Saxe.

54 — Cornet cylindrique en faïence italienne : buste, fond bleu.

55 — Cafetière, théière et sucrier avec couvercle, décor de fleurs, fond imbriqué. Ancienne porcelaine de Louisbourg.

56 — Cafetière en ancienne porcelaine blanche d'Allemagne.

57 — Etui, en forme d'asperge, en ancienne porcelaine d'Allemagne.

58 — Petit flacon, forme contournée, décor de fleurs, en camaïeu rose. Même porcelaine.

59 — Deux cornets quadrilatéraux en faïence laquée, à fond noir, de style japonais.

60 — Cruche en ancien grès de Raeren, décor de cannelures.

61 — Encrier en ancien grès flamand, avec inscription et date : *1661*.

CADRES

62 — Deux cadres en chêne sculpté et doré, du temps de Louis XIV.

Haut., 27 cent.; larg., 19 cent.

63 — Cadre en bois sculpté et doré, à fleurs et rocailles.

Haut., 35 cent.; larg., 25 cent.

64 — Cadre en bois sculpté et doré, à palmettes.

Haut., 43 cent.; larg., 35 cent.

65 — Cadre en chêne sculpté. Epoque Louis XIV.

Haut., 5o cent.; larg., 42 cent.

66 — Cadre en bois sculpté et doré. Epoque Louis XVI.

Haut., 39 cent.; larg., 31 cent.

67 — Cadre en bois sculpté et doré.

Haut., 58 cent.; larg., 43 cent.

68 — Cadre en bois sculpté et doré.

Haut., 58 cent.; larg., 42 cent.

69 — Cadre en chêne sculpté et doré, à fleurettes et petits quadrillés.

Haut., 19 cent.; larg., 13 cent.

70 — Deux cadres en chêne sculpté et doré, à
entrelacs et fleurs.

Haut., 14 cent. ; larg., 11 cent.

71 — Cadre en chêne sculpté et doré, palmettes
sur fond à quadrillés.

Haut., 53 cent.; larg., 41 cent.

72 — Cadre en bois sculpté et doré, à quadrillés
et feuillages.

Haut., 75 cent.; larg., 59 cent.

73 — Cadre en bois sculpté et doré, à grosses
fleurs. xviie siècle.

Haut., 72 cent.; larg., 59 cent.

74 — Cadre en bois sculpté, ajouré et doré à
rocailles.

Haut., 79 cent.; larg., 63 cent.

75 — Cadre en bois sculpté, à deux rangs de
petites feuilles. Epoque Louis XVI.

Haut., 1 m. 4 cent.; larg., 72 cent.

76 — Cadre en chêne sculpté, ajouré et doré, à
entrelacs, quadrillés et rocailles. Epoque
Régence.

Haut., 1 m. 7 cent.; larg., 76 cent.

77 — Cadre rond en bois.

Diam., 50 cent.

78 — Cadre ovale en bois doré.

> Grand diam., 54 cent.; petit diam., 44 cent.

79 — Cadre rond en chêne sculpté et doré, à décor de fleurs. Epoque Louis XIV.

> Diam., 58 cent.

80 — Cadre démonté en bois doré.

81 — Lot de baguettes, peintes et dorées.

82 — Moulure en bois, partiellement doré, à rosaces.

OBJETS VARIÉS

83 — Etui en ancien émail de Saxe, décor de petits paysages.

84 — Tabatière ovale en granit.

85 — Montre en or, décorée d'une rosace. Epoque Louis XVI.

86 — Coquetier en argent.

87 — Moutardier en argent, à figures et guirlandes. Epoque Louis XVI.

88 — Théière, en forme d'oiseau, en bronze de la Chine.

89 — Deux salières doubles en argent ajouré, avec poignée en forme de pyramide. Ecrin en cuir. XVIIIᵉ siècle.

90 — Quatre verrières contenant chacune des fragments de vitraux de diverses époques à sujets saints et autres.

Haut., 1 m. 87 cent.; larg., 49 cent.

91 — Boîte ronde en poudre d'écaille rouge, décorée d'une grisaille. Fin du XVIIIᵉ siècle.

92 — Bijou-reliquaire, encadré d'argent. XVIIᵉ siècle.

93 — Tasse et soucoupe en jaspe.

94 — Couronne de Vierge en argent et strass.

95-96 — Cinq flacons-tabatières en cristal de roche, verre et jade. Travail chinois. (Seront divisés.)

97 — Entre-deux en ancienne guipure. Long., 2 m. 10 cent.

98 — Coupe en bronze gravé de la Perse.

99 — Bureau à cylindre en bois de placage. Époque Louis XVI.

100 — Coffret en bois clair.

101 — Coffret, revêtu de cuir et garni de cuivre. XVIIᵉ siècle.

102 — Sabre oriental, garni argent.

103 — Statuette en bois sculpté : moine tenant une bêche.

104 — Brûle-parfum, avec couvercle et muni de deux anses, en émail cloisonné de la Chine : dragons et rinceaux.

105 — Deux cornets, munis d'anses, en émail cloisonné de la Chine : animaux et ustensiles.

105 — Groupe, en ivoire sculpté du Japon, de deux personnages assis, prenant une collation.

107 — Groupe, en ivoire sculpté du Japon, de trois personnages : le Marchand d'oiseaux.

108 — Groupe en ivoire sculpté du Japon : les Vanniers.

109 — Statuette de personnage debout, portant un panier rempli de fruits. Ivoire sculpté du Japon.

110 — Statuette en ivoire sculpté du Japon : paysan portant une hotte de fruits.

111 — Deux flacons-tabatières en porcelaine de Chine, l'un émaillé vert, l'autre décoré de dragons en bleu.

112 — Trois flacons-tabatières chinois, cristal de roche améthyste.

113 — Miniature ronde : les Trois Grâces. Cadre en cuivre.

114 — Croix-pendeloque en cristal de roche, garni d'argent. xviie siècle.

115 — Cinq médaillons en bronze, à effigies variées.

116 — Coffret revêtu de cuivre gaufré et doré, du xviie siècle.

117 — Deux petits lions sur bases oblongues en argent.

118 — Deux petites boîtes cylindriques en argent ajouré de la Perse.

119 — Deux flambeaux en dinanderie du XVIIe siècle.

120 — Coffret en cuivre gravé, à décor de rinceaux, cornes d'abondance et têtes chimériques; serrure apparente à l'intérieur.

121 — Navette à encens, en forme de nef, en cuivre repoussé et doré, du XVIIe siècle.

122 — Trois panneaux en satin bleu clair, brodé à fleurs et oiseaux. Travail japonais.